JN190894

美しいからだよ

水沢なお

思潮社

目次

未婚の妹 6
砂漠航海 16
シェヘラザード 24
沼津 32
運命 36
美しいからだよ 48

私を戦わせて　54
イヴ　62
アイリッド　72
かいわれ　80
カーテン　90
ダナエ　100
モーニング　110

装画＝みなはむ
装幀＝中島 浩

美しいからだよ

未婚の妹

昨日
ペルシャが死んだ
そういった季節が近づいていると私には分かっていたが、ペルシャは気丈に振る舞っていた。ある日、天鵞絨の鱗が点々と落ちているのをみつけ追いかけてみると、大きな珊瑚礁の裏で、小指だけ腐らせて死んでいた。
焼けた骨の前でたくさんの女たちが列をつくり誰かの対岸であり続けた。砂浜のように広がった骨に無数の鱗が混ざっている。前に並んでいた、背の低い女はそれを一枚つまみあげ、舌で粉をぬぐうと、蛍光灯に透かしてみせた。

「彼の瞳の色と全く同じね」

「はあ」

「私、ペルシャの鱗がずっと欲しかったの。他人の鱗って、なかなか拾えるものじゃないでしょ。自分の鱗なんかはシャワー浴びると排水口にいやというほど溜まってくるけど。でもそれって、彼の瞳が欲しいだけだったのかもしれない」

女は、長い爪をジェルで磨きあげていた
「あなたが一番はじめにペルシャの死体を見つけたんでしょ」

「そうです」

「私だったら、目玉をひとつ、持って帰る。いや、色のついたところだけ少し削って、あとはそのままにしておく。誰にも気づかれないように」

「目玉以外は、いらないんですか」

「うん。だって私、ペルシャの目玉が炎の熱でぞんざいに燃えてゆくことを思うとどきどきして嬉しくなる。瞳が好きだからって、ペルシャの全部を好きになる必要なんてないじゃない」

女たちは泣くこともなく

淡々と作業を進めていった
やがて、私の番になった
はしで小さな骨をつかみ、
妹がまたそれをつかむ
ペルシャの骨を運ぶ妹のことを
細い糸で絡め取るように女たちは眺めた
それをはねのけるように妹は、
「私がペルシャのかわりをしなきゃいけないってことでしょ」
と言う
大きい骨を納め終わると
どこからかぬるい女がやってきて
ホームセンターで売っているような
灰色のちりとりで粉まで壺に収めた
(シーシーシー)
(鱗が骨にぶつかる音)

妹は、すべてわかっていたようだった
妹は私より二週間も遅く生まれたが、
気がつけばペルシャの次に身体が大きかった。
それでも私は、妹は、ずっと、妹であるものと思い込んでいた。
「お姉ちゃん、不安なの」
「いや」
「わかるよ。ペルシャって、みんなからばかにされていたものね。みんなペルシャのこと、大好きだったのに。でも大好きだったからばかにするんだよ、怖いし悲しいから」
「おまえはばかにされないよ」
「いや。お姉ちゃんは私のこと、怖くなるんだわ」
妹は妙に疑り深いところがあった
そのくせすぐあきらめたような
哀しい受容のしかたをする

「ペルシャにね、一度だけ家に招待されたことがある。そこで、いろいろ話したの。今の身体になる前の話とか。帰り際、指で剝きたてのざくろをねじこまれた。唇がつぶれて、赤く腫れたよ。その時から、もうずっと、今日のことばっかり考えてた」
「知らなかった」
そう答えると
何かを思い出そうとして唇に触れた
「私たちのパパも、昔は女だったんだわ」

妹は私のとなりで初潮をむかえた
その訪れさえも
妹は知っているように思えた
「赤いかな」
「わからない、暗いから」
「ああ。朝が来るのが怖くなった」

妹の鱗が息するように蠢いた
「私、青い血が流れている生き物を知っている。みんな子どもを残さないの、闇から生まれて、闇に還るから。私もそうだったらいいのにってずっと願ってた。青いといいな」
妹は水浴びをしに布団を抜け出す
シーツを洗ってやる
（しかし
私のからだの
まっくらなところを流れているその血は
果たして
赤い色をしているのだろうか）

家に帰ると、妹は荷物の整理をはじめた
「無くなっちゃうんだね」
「何が」

「子宮とか」

「……そうだね」

「とっておくことってできないかな」

「腹を切るってこと」

「そうじゃなくて」

もどかしそうな顔をする

「ペルシャはすっかり、子宮のことなんて忘れてしまっていた。だってペルシャが働かなければ私たちは殖えてゆかないから。でも私、きっと男になっても忘れないわ。なにもかも、全部忘れない。悲しいことも全部。それにペルシャの子宮、焼け残ってた。残ってたの」

「そう」

妹は葬式の後に何を言うか

ずっと前から考えていたのだろう

「私が燃えるまで、あなた死んだらだめだからね。見てよ、確かめて」

(だからそれまでお姉ちゃんの子宮二人で大事にしよう。

私はずっとあなたの妹でいたいだけだから）

久しぶりに布団を並べて二人で寝た
妹は私の布団にもぐりこむと
私の腹に両腕をまわし
ぴったりと背中に額をつけて言った
「お姉ちゃん約束して」
「なに」
「朝が来るまで、振り向いちゃだめよ」
「うん」
「でも、ずっとそこにはいて」
「わかった」

ペルシャのこどもはペルシャの鱗の数よりも多く今も街中にあふれてゆき、私はどんどん小さくなる、瞼をおろせば私は橋の上に立っている、妹の名前を呼ぶ、私は妹がざくろを食べたことを知っていたような気がした、夢で見たのだ、その時は私が食べさせた、鶴が、琴を持った男が、思い出が、妹の子宮が、河を流れてゆく

私のとなりで
女がうまれて女が死んで
男がしんで男が産まれて
妹がうまれて妹が死んで
弟がしんで弟が産まれて
私がうまれて
私だけがうまれ続けて

砂漠航海

海へ行くときはどういう靴を履いたらいいのかわからない、と言いますので、君はもう二度目じゃない、と答えてやると、一度行ってしまったからわからないのだと姉は答えた。普通のビーチサンダルではだめなのかと尋ねると、砂の熱さが染みてきてどうにもだめだったと答えます。私は困ってしまった。実家の玄関には沢山の靴が並んでいて、冬にしか履けないようなものを除いてもあと三十は候補があります。我が家で一番多いものは靴かもしれぬ、と首を傾げるほどに、我が家の人間は靴を収集することを持病としていました。

「経験をつめばつむほどわからなくなることってあるのね」

「お姉ちゃん、若いのに。よくそんなこと言えるね」

私たち姉妹は足のサイズが同じでしたし、更に言うなれば母も祖母とも同じでした。我が家の靴の多さは、私たちの二十年にも足らない小さな歴史で築き上げられたのではないのです。

靴は、それこそお店ができるほど膨大にありましたが、今ではもう、それを履ける足は四本しかありません。それも、左右別々の靴を履く、ということは普通できませんから、一日に選ばれる靴はだいたい二足だけです。私たち姉妹は、人間の皮膚のにおいでざわつく靴たちの前で、かすかに路頭に迷うこともあります。

姉は結局、祖母が昔履いていた、ヒールの低い華奢なサンダルを選びました。ずいぶんと形の古いものでしたが、あまり外に連れ出されなかったのか、まだ表面がつやつやしていました。その靴は、もうずうっと下駄箱の二段目に晩年のごとく置かれていました。しかし姉に手にされた途端、美しいヴェールを纏いはじめ、いつの間にか自分でも履いてみたい、と思わされていました。

姉は、三センチ幅のロイヤルブルーのストラップを足首とふくらはぎの境目でくるりと一周させてから、慣れたてつきでぱちんと留めました。ソールやつま先のオレンジ色と合わさって、その青はいっそう目にしみるようでした。きれいな靴だった。

それから二人で歩いて海へと行きました。数分も歩けば堤防が見えてきて、アスファルトにはうっすらと、歩くたびしゃりしゃりと鳴る砂の層ができていました。車の音にまぎれてさざ波の様子が伝わってくると、今月に入ってから勢いを増した松林の曲線が目に鮮やかでした。

私と同じような形をした足が、自分の少し先を歩くのに、不思議と見入っていました。私は去年、母がよく履いていた白い編み上げのサンダルをあえて履いて海へと来ました。軒先に避けてあったのを、素知らぬ顔をして履いてきたのです。

海は広く、でもそれ以上に砂浜が広かった。そんな間違いを真実と思いました。白い粒子はたくさんの美しい峰をつくり、そして透明な太陽の光をよく反射していました。私たちは何も言わず、海へ向かうこともせず、ただただ浜のなかを歩き続けました。

突然、姉はキャッと声を出した。どうやらヒールの底のところが抜けてしまったようで、笑いながら向けられた靴底には乳白色の支柱があって、そこにはアルミホイルのようなものが丸くなって詰まっていた。靴底の蓋をしていた部分は、砂浜のなかに埋もれて消えてしまったのだと思われます。私は、商人に連れられたらくだの背中を思い浮かべました。そこにくくられた荷袋には穴が空いてしまったか何かして、宝石がつぎつぎにこぼれ落ちてしまっている。大粒のルビーやサファイヤが、広大な砂漠の波に消えてゆく。

そんな様を思い浮かべているうちに、姉はもう元の調子を取り戻して私より快活に砂のなかを歩み始めました。歩いているうちに、私の履いていたサンダルがひどく熱を帯びていることに気がつきました。足首に絡み付くストラップが、鉄板のように底なしに燃えているのを感じました。

「ねえ、このサンダル熱いよ」

「あ、お母さんのサンダル。勝手に履いてきたの」

「だってもう、私たちが履くしかないじゃない。お母さん、履けないんだから」

「違うの。私がこの前、海に履いていったのはこのサンダル。同じように、急に履いていられなくなった。熱くて熱くて仕方なくて、海水に濡らしても熱いままだったから、玄関先に置いてあったでしょ。怖くて、とてもじゃないけど二度と履けなかった」

このサンダルは、最初は熱くありませんでした。海に来て、急に態度を変えたようでした。何かを思い出したのでしょうか。

私は仕方なくサンダルを脱ぐと、砂の上に裸足をのせました。どうしようもないいたたまれなさと、細かい粒子の心地よさが同時に胸に押し寄せて、心がおかしくなりそうでした。

「大丈夫、裸足でも帰れるわよ」

そういいながら、姉は笑っています。私はなんだか悪いことをした気持ちになっていました。生前、母とそのサンダルは仲が良かったのです。私も、姉も、海にこっそり連れ出したくなるほどに、二人の仲睦まじい様子はあこがれだったのです。

「悲しんでるんだ、こいつ」

私には、すぐにわかりました。

それからしばらくしないうちに、そのサンダルは燃えて灰になってしまいました。自然発火だろう、と結論づける結果となりましたが、母と一緒に燃やしてあげなかったことを灰を集めながら詫びるかたちとなりました。


しばらく裸足のまま海風に吹かれていると、姉がふと口を開きました。

「大学は楽しい？」

「うん、楽しいよ」

私は微かに言い淀んだが、結局そう答えてしまいました。本当はやりたいことがまるでできていないような気もしていた。しかし、それをいってしまうと、お金も時間も、それよりももっと大切なものも無駄にしていることを、認めてしまう気がして、いつも本当のことが言えませんでした。姉が、そのことをどう思っているかは知りませんが「おまえの大学の話がききたい」と言って、珍しく私の目を見てきましたので、ひどく動揺した。姉の目は大きく、いつもきれいな睫毛に縁取られていた。美容液のなかのドライフラワーのように、なにか良い滴を垂れ流しながら一生花開いていそうでした。

私は逡巡した後に、あることを口にした。

「授業でね、先住民の映像を見た」

「ヤノマミって知ってる?」

「さあ、初めて聞いた」

姉はもちろんそう答えますので、私は得意になって続けざまに言った。

「そこの部族ではね、人が死んだら、燃やして、灰になった骨を粉々にして、おわんのなかのバナナ粥と混ぜて、それを親戚で回し飲みするの」

「となると、おまえは私の灰を一人で飲まなきゃいけなくなるね」

「そうなるね」

「どきどきしない?」

「なにが」

「それってなんだか、どきどきしない」

姉が、もう一度私に尋ねました。姉の目は凛としながらも燦然としていて、
私はもうすでにどきどきしながら、何よりもはちきれそうに「うん」と言った。

「私も、どちらかというと、どきどきするよ。いい道を見つけたときのように、デパートで買ったマニキュアのラメのように、いつまでもどきどきするよ」

シェヘラザード

朝起きて、できることといえば、祈ることしかない。砂の中にいるという君のために、ぼくは世界中の砂地を巡るのに必死なのです。


例えば近所の公園の砂場、すべて掘り返したが、でてきたのは壊れかけのスコップだけだった、小さな子どもはやけに敏くてぼくはジャガイモの苗が入った袋をもって逃げ出す、浜松の砂丘、ダナキル砂漠。もちろんサハラにだって行った。もしくは砂浜、波打ち際、君がいそうな砂地、いなそうな砂地。

「世界中の砂粒の数より、宇宙にある星の数のほうが多いそうだよ」

「そう」

「だから、君とぼくとで世界中の砂の数を計数してゆくってのはどうかな」

「それは、愛の言葉？」

「そう聞こえた？」

「うん」

「じゃあ間違っていないよ」

「なぜだか私、砂をお腹の中いっぱいに入れたくなってしまったな」

「どうして？」

「どうしてだろうね」


ぼくは今日も祈った。

なめらかであたたかい砂漠の真ん中で、穴を見つけた。ちょうどぼくの腕が入りそうな大きさで、中を覗くと底の方がわずかに赤いような気がした。腕を奥まで進めると、何かが触れた。よくなぞれば、君の歯の裏の気の遠くなるような柔らかさ、それだけが指先に集まってくる。

ああ、と思う。

頬の内側に指を引っ掛けるようにしてぼくは、砂の中に埋まった身体を、ゆっくりと引き上げていった。

まず頭が見えた、次に顔が見えて、それはやはり君だった。大人になった君。つま先に、血がついている。

君を砂の上に横たえると、ぼくはずるり、と君の口から指を抜いた。つう、と唾液が糸をむすんで、どきどきして、張り裂けそうだった。

「久しぶり」

ぼくたちは、しばらく見つめあって、お互いの変化を確認し合った。

しかし久しぶりに地上に出た君は、酸素を口にするたびはあはあと苦しそうで、もしかしたら器官の具合が悪いのかと思った。でも、ぼくは、君に優しくしたいとはどうしても思えなかった。(君の瞼に噛みついて、右腕にあるツベルクリンの跡、膿んで大きく膨れたうよふよとやわらかいまるを潰せたらいいのに。薬指の途中にできた水ぶくれを歯で割ってその中の水を啜ったりしたい。)

「綺麗にしてくれる？」

ぼくが、砂まみれの手のひらを差し出すと、君は妙に柔順に、ぼくの言う通りにする。花弁のような、それも盗んだ小さな赤い花を縫い付けたような君の舌、赤くてくらくらしそうになる。

「あなたに見つけてもらえて、本当に良かった」

「……どういうこと」

「あなた以外にも、私を探している人はいるのよ」

「知らなかった」

「メスのほうが美味しいってよくきかない？」

「いや、今日はじめて知ったよ」

「メスのいる砂はすこし赤いの」

君は、安心したように笑う。久しぶりに見る地上の景色に感動するでもなく、ただ、ぼくのことだけを見ている。


決まっているんだ。

「君は、一週間しか地上にいられない」

「……そう」

「どう思う。ずっと砂の中で過ごしてきて、あと一週間で死んでしまって。でもみんな知らないだろう、隣で白瓜をカゴに入れている君が、ずっと砂の中で生きていたことなんて。ぼくは君のこと、君たちのこと、可哀想だと思うんだ」

「私は自分のことを、可哀想だなんて思えない、砂の中は、確かに砂しかないけれど、こんなにも住み良い場所はなかった。満たされていること、繁栄していること、そういうことが、優劣に結びつくはずもないのに」

君の歯は猛烈に白くやさしく、そこにある。

「悪いと思ってる」

「なにが？」

「砂の中が気に入っていたなんて」

「当然でしょう。私たちは砂の中の生き物ですもの」

そう言って強くまばたきをする。

「ごめん」

「珍しいね」

「君は美しいから、気が散るんだ。君が、美しいから」

「嘘はやめて」

「……そうだ。さっきから、なにをもっているの？」

そう尋ねると君は手にしていた毘沙門天の木彫をぼくに手渡した。小さなそれを開いて見ると子宮だけがあった。その中にはくたびれたお札が入っていて、誰がいつどのように作ったのかそっと収められていた。

「誰からもらったの」

「気づいたら私のものだったわ」

「きれいなままだね」

「無くならないものは永遠に無くならないのね」

立ち眩みがした。昨日砂の中で握り返してきた小さな手の感触が、脳に響く、無理やり地上に連れだした未成熟な身体はしばらくして息絶えた。ぼくを恨みもせず死んでいった彼女、ならばどうしてぼくの手を一瞬、強く摑んだのか。


「今日でちょうど一週間だ」

「でも、帰るだけでしょう」

「そうだね」

「自分でもわかっていた？」

「もちろん」

「どんな気持ちだった？」

「一週間も要らないとぼくは思ったよ」

「そう」

「そうだよ」

ぼくは、笑っていた。君は最後まで苦しそうだった。

「あなたが、私に会いたいと思わなければ、こんな世界に、こんな世界を、歩く必要なんてなかったのに」

「……どうして君が、こんなことを言うんだ」

「ああ、歩かせてしまった、砂で汚してしまった、ごめんなさい、ほんとうに、ごめんなさい。いつまでも、あなたのももいろの肌が忘れられなかった。また会いたかったの」

「……ぼくだって」

砂が、君の生きてきた穴が、さらさらと流れ込む砂で塞がれてゆく。

「ぼくたち。最後にはどうせ砂の中に行くんだ、美しいね、ぼくたちは、ぼくたちという生き物は、何よりも美しいんだよ」

君はそっと寄り添って、背中に手を当てた。ぼくは砂の中の生活を思い出そうとする。しかし無理だった。ぼくは君のことだけを考えている、かなしい生物だったのだ。

「自分がいつか死ぬのだと知る瞬間の、君の顔が、ぼくはずっと見たかったんだ」

沼津

ミーちゃんが破水したから、なおちゃんもはやく帰っておいで。電話口での母の声は烟るノイズ越しにでも冷静さを保っていた。誰もいない部屋で、テレビに向かって話しかけていたあのときの声によく似ている。国分寺に引越してきて、毎日母からモーニングコールがくるようになった。その時の微熱の額に落ちてくる氷嚢のような、シャッキリとした鮮やかさが無い。やはり早朝が母親の時間なのだ。私はよくこぼれるココアのまぶされた揚げパンを食べた。緑色の袋。懐かしい味だね、と都心で育ったともだちが言った。遠くの、打ちっぱなしの校舎を見ていると、水浸しになったディズニーランドの駐車場が思い浮かんだ。バスのなかでみた燃えさかるタンク。見覚えのある地名。これって日本で起きているの?と隣に座っていたきょうすけくんに尋ねると、彼は顔色ひとつ変えずにじいちゃん大丈夫かな、と言った。液状化した駐車場に取り残されたバスのなかでわたしたちは眠った。翌日、生焼けのタルトのようにわたしのまんなかだけが覚醒していた。ぬるい生地に埋まった受容器で高速道路を走っているのだと知った、網膜の上、目が覚めるともうそこは沼津だった。

ミーちゃんになにか、買っていってあげたほうがいいのだろうか。

私は、血統書付きのミーちゃんに子どもをたくさん産ませて、それをペットショップに売り飛ばして、お金儲けをしようとした過去があった。それだから、ミーちゃんと会うのはすこし気まずいのだった。

電車に乗ると、あっという間に三島に着いた。

駅から家に向かう途中、たすく君と会った。ミーちゃんの旦那にしようと思っていたチョコの、飼い主だ。どこか気恥ずかしくなっていたら向こうから話しかけてきた。他愛のない話をした。思い出したようにこのまえ、静岡で起きた地震が大丈夫であったか尋ねると、弟が作っていたガンプラの触角だけが折れてしまったのだと笑った。「あれ、触角じゃなくて、アンテナなんだよ」そういうとたすく君は腹を抱えて笑った。

「これあげるよ」

たすく君はポケットに突っ込んでいた握りこぶしを私の手のひらの上で開いた。暗いのでよく見えなかったが、なにか包装紙のような安っぽくてそれでもきらきらしていることだけがとりえのような、くしゃくしゃした物体が私の手の上に乗っていた。

「ゴミじゃん」

「ゼムクリップもついてる」

そういってたすく君は声だけで笑いながら去って行った。彼は学生服をきていて、去年まで同じクラスだったのだから、よく考えたらそれはおかしなことだった。

家のベッドで眠った。

矯正歯科にたどり着くと私は天井に向けて大きく口を開けた。お姉さんがへんなボタンを押したから背もたれが勝手に起き上がって来て、ぱっくりと口を開いたままの私は懐かしい広小路の街並みを見た。遠くの瓦屋根のうえに鯉のぼりが泳いでいるのが見えた。その動きだけがやけに目についた。痛かった。ふるさとをうたった寺山修司の短歌がじわじわと、絞められたワイヤーできしんだ奥歯からしみこんでいった。

運命

五時半を迎えると、タンタンと湯を沸かす音が聞こえる。
僕よりもずっと早く、姉の一日ははじまる。
そのことを、僕はいつも耳で知る。

湯が動き出そうとするこの音は、どこか踏切のシグナルに似ている。
姉が、これから駅へと向かう人だからかもしれない。
早朝のホームに降り立つ夢を見ると、
そこには、駅員の制服を身にまとった姉がいる。
白い手袋を嵌めた姉の手が、すっ、と進路を指差している。

シュピー、と、突然湯が吹き零れる音がした。
僕は慌ててふとんから飛び出し、火を止める。
どことなく、焦げ臭い。
裏返してみると、やかんの底が黒く染まっている。
「ちょっと、気をつけてよ」
トイレに向かって声をかけても、返事がない。ノックをしても同じ。
おそるおそる扉を開いてみても、そこには薄暗い小部屋が広がっているだけ、
誰もいない。

僕は一人呆然としながらやかんを水で冷やす。
カフェラテの粉だけ入ったマグカップ。
もったいないので、お湯を入れて僕が飲む。

薄みどり色のやかんを火にかけてから、沸騰するまでのたった数分間に、

姉はすべてを忘れて、家を出て行ってしまったのだろうか。


から抜け出す。

二十時頃に、姉が大学から帰ってくる音がしたので、僕は真っ暗闇のふとん

「珍しいね」


今朝のことを尋ねてみたくなったのだ。

姉の立てる音は毎日聞いていたけれど、顔を合わせるのは数日ぶりだ。

少しやせたかな。

でも、化粧の乗り具合で結構顔つきが変わるから、変に心配するとからかわれる。

「あんたがこの時間に起きてるなんて」

「いつも、起きてるよ。お前が見てないだけで」

「これ、見て」

「手が透けてるの」

そう言って、姉が赤いニットの袖を見せてきた。

確かに、袖から手は出ていないけれど、その下に、骨と肉が隠れている気配がする。

「あのさぁ……」

僕がくだらない気持ちになって頭をかくと、姉は肘を使ってニットをずり下げた。

すると、本当に手のひらが透けてしまっているのが見えた。

手首のぼこっとした骨のあたりからグラデーションがはじまって、向こうの景色が見えるようになっている。

「透明だ」

「でも、感覚はあるのよ。透けているだけだから」

姉は、何がおかしいのかちょっと含んだ笑いをする。

「……手首」

「なに？」

「手首、透けてしまいそうだね」

酔っ払った姉の手首から、金色の腕時計を取り去ったことを思い出す。意志のない姉の肉体は熱く重たく、暗闇の中に浮かび上がる細長い腕に流れる青い血ばかり見ていた。

僕はとっさに、消えかけているその手首に触れようとして、寸前で思いとどまった。


「困った。出席をとる時、手をあげても、先生気づいてくれないから」

「そんなことより、困ることあるだろ」

「いや、一番の変化はそこくらい。そこにいるか、いないか、確認してもらうことなんて、あまりないもの」


「いつから」

「ずうっと前から、爪先は透明だった」

「爪はもともと透明じゃん」

「でもさぁ、よくよく考えたら、この爪も、この皮膚も、もともとは同じ細胞が分化してできたものじゃない？」

「そうだね」

「だとしたら、あり得ないことではないでしょ」

「いや。一度分化しちゃったらさぁ、もう無理だろ。人間なんだし」

「わからないよ。人間の組織で、透明な部分はね、爪の他にあと、網膜と、水晶体と、羊膜がある」

「だから私の全身が、そのうちのどれかになりたがってるんじゃないかしら」

「だとしても、なんで突然。こんな変な季節に」

「なんでだろうね。身体にきいてみないと」

姉は、僕が勝手に飲んでしまったカフェラテのマグカップを覗き込んだ。

そうしてまた「珍しいね」とだけ言った。


近くの居酒屋で、珍しく夜中まで飲んだ。

その帰りに、同じサークルの気になっている女の子と、その子と仲の良い女の子の二人が、けたけた笑いながら家まで来た。

まだ終電はあるのに、一人で電車に乗るのがいやだから、一番近い僕の家に来た。

僕が適当にTシャツを渡すと、二人はその場で上を脱ごうとしたので、たまらず背中を向けた。

「ぴったりだァ」

と、気になっている女の子が言う。

僕は照れたようになって、足の親指の爪に溜まっている黒いよごれをもじもじと隠しだす。

こうやっていると、何かうまいこと、忘れることができそうだった。

普段僕が寝ていたベッドに二人で寝てもらうことにして、

自分の寝床にしようと、押入れの中にあるふとんをひっぱりだそうとした。だけどそこは空っぽで、かわりに誰もいない姉の部屋の絨毯の上に、そのふとんが落ちていた。

僕は、それを自分の部屋に運んだ。
ベッドから少し離してそれを広げる。
そして立ちすくんだまま、
そのふとんをしばらくじっと見つめていた。

まだ使っていないシーツを、その上に敷いて、僕はおそるおそる寝転ぶ。
それでもまだ人のにおいがする。
聖画布に浮かび上がった頬と頬を合わせるように、僕は姉の恋人と身体を重ねる。
僕は打ち拉がれた信者だ。
そんな自分を見ているもう一人の自分は、姉の手首にあった金色の腕時計をしている。

薄い布、そこに触れた頬越しに、僕は他人の性を覚えた。

二人は、僕のベッドの上で、なぜか自分の顔を写真で撮っている。ガールズバーの広告まみれのビニールから、しゅるりと白いティッシュを出して、顔に押し付けるようにして鼻を拭う。

だれも、そこにいないみたいだ。

「おやすみ」と言った。あかりを消した。

気になっていた子のスマートフォンの画面だけが暗い部屋にいつまでも煌々と光って、あくびをすると、つむじのにおいが広まってくる。

目を閉じた。

真夜中、胸元の重さにまぶたを開くと、あの子の腕が、僕に甘えてきている。

「酔ってる」

「……そう」

あの子の手首に金色の時計は無い。

奪うものが。何も、外すものがない。

今日もタンタンと湯が音を立てている。
僕は怖くなって、ふとんからゆっくりと這い出して、そろそろと自室の扉をあけた。
そこには誰もない。
普段、僕が見ている部屋の姿。
換気扇の横にある、
長方形の窓から密度の低いさらさらした日差しが射し込んできて、
目がかすむ。

タンタンと踏切みたいな音
タンタンと電車が近づくときの音
タンタンと立ち止まるときの音

「姉ちゃん」


僕が声を出すと、シュウ、といきなり火が消えた。

僕は黙って、さっきまで赤く燃えていたコンロを見た。

「ねえ、あんた、私のこと見える?」

「……見えるよ」


そう言うと、姉は笑った。笑った。

美しいからだよ

外に出ると雨がふりだした
舟に乗る
額めがけて海風が走りだす
きみの長い前髪がばらばらに息をし
飛んで来た初蝶を食んだかと思えば、
何かを思いつめたように
さかむけたへりを摑んでいる
腕の中で軽くなっていた猫を
七時間前に死んだ祖母の手を

撫でるように握るように
生まれた時からそうだ
きみの手ははしたない
肉を失うことの喜びを知ったはしたない指だ
だからそれを
わたしのなかに入れてよ
そのきみの
美しい身体よ

パパが火を灯す音をきいた
燃える蠟の腹を見た
割れた卵からふたつのきみがあふれでてきた
透明なジェル
箸で割ろうとすると
ひとつのきみはおびえ

ひとつのきみは不吉なことを言う
流れ出た血をすすってのんだ
落とし込まれた胃の中で米と混ざり
造られたわたしの卵は
弾丸のようにはきだされ
逃げ切ると
気持ちよくてしかたなくなってくる
何が悪いのか、教えてくれ

まぶたに蝸牛の殻
田園に殻の無い蝸牛
卵は殻を愛さないが
殻は卵を愛している
走り、伸びをし、洗い過ぎたタオルで余熱を削ぎ落とせ、ウェデングドレスを
着た弟、父の日に生まれた母、誓い合い、やけに素直な生き物になる

美しいか

行き先を尋ねもせず舟は進む
女にしかゆけない場所への切符
片道しか無く
焼べようとしたコートのファスナー
まっさらな半券だけがつめに刺さる
履き違えるなよ
きみはその手で糸を紡がなければいけない
きみはその手で
滑り落ちた皿を助けようとしない
でも立ち去れるほど器用じゃない
耳をふさぎ目をふさぎ
それでも近づき足の裏を痛めつける

満たされるなよ
水面に向かってくちを開く
ぱらぱらと、ぱらぱらと、
つぶれた蝶々が水面に落ちてゆく
（急いだ味がするね）
（汗をまとった）

花はきれいじゃない
といい殴られたきみは
忘れられた稜線をなぞる
傾きかけた街のような目をする
それなのに
自分のことさえ助けようとしない
助けることができない
ともすればそれは

美しい
美しいからだ
そのきみが
美しいからだよ

私を戦わせて

私を戦わせて
私を戦わせて
私を戦わせて
私を戦わせて

私雷にうたれても立っていられます
空も飛べます
死なないのです
戦うために生まれてきました。父も母も、私とよく似た身体をしています。私たちと交尾をしないあなたにその違いはよくわからないでしょう。でもそれでいい。なかでも私はとびきり綺麗な目をしています。指もきれいです。やわらかくまだ若い。そこから炎がうまれるところをあなたは近くで見ていてくれる。ふしぎだねって、少年の目をして口に含む。気まぐれに安っぽいラメで爪の表面を飾っても、乾く前に噛むから、起き抜けのあなたの犬歯がおんなっぽくひかっている。産毛だ。眩しいね。

私を飼い殺さないでください
私という存在の意味を
よく理解してください
優しくしないで
戦わせて
(強い)って言って
誰かを燃やさなきゃ私
生きている意味がない

退屈でしょう、わたしの身体は、大人ってもう原っぱを駆けたりしないから、やわらかい羊歯に似てるね、どこにも辿りつけないで、われたアスファルトからとびでたペールグリーンの草の上、クリネックスであなたの精液を拭った。私はどこにいる。雷でうたれて死ぬ私はどうすればいい。一つになれないね。おもちゃだもん。おもちゃがセックスしたって子どもうまれるわけないし、同じゲームやってるのにコントローラ貸してくれない。ばか。くだらないなんて悲しそうにいわないで。あなたの背中にあるほくろが欲しくて、スニーカーに止まった二匹の蝶々が欲しくて、欲しくて焼かないで引っ張って殺した。線が延々と続いていた。

秘密はすべて爪の中に隠してあります
知りたかったら一枚一枚剝いで
酢の中に沈めてください
飲み下して

あなたにわからない言葉で私
毎晩うたっている
うたっている
うたっている
ねえ
私を戦わせて
お願いだから
言って
あなたの命令が好き
ひたむきな暴力が好き
私を戦わせて
苦しげに喜んでいて
ブルーグラスのような目で
ゆるして
さげすんでいて

あなたにはわからない
戦わないあなたには
なにもかもわからない
遠くからただ見ている
その目がゆるくまばたきをする
それが嬉しいんです
私
ボールを投げてくれてありがとう
またあなたを背中に乗せて
旅したいな
あたたかかった

あなたはひびわれやすい突端で
力が均衡して
あなたの思うあなたと

あの人の思うあの人は正しくて
不思議と争うのね
でもそんなものでしょう
あなたの奥にはまたあなたがいる

無邪気で、無垢で、うらぶれてかなしくなる
うまくいかない
いくわけない
魂をすり減らしながら
他にもっと楽しいことを見つけてしまえば
私の身体は強かながらくたでしかない
別れ際
私に見られないように
あなたはアイスの当たりくじを捨てる

私を戦わせて
私を戦わせて
私を戦わせて
私を戦わせて
私を戦わせて、遊んでもいいよ

イヴ

見学のプールサイドで二人して膝を抱える。ビニルバッグを持って更衣室へかけてゆく子どもたちのなかで私たち、人波に取り残され浜辺に打ち上げられた貝殻のよう。だから海底を目指すようにして歩いた。ここはそうしてたどり着いた私たちの場所だった。

熱されたコンクリートの上は湿っぽくて居心地がわるく、かといって水中にいたいわけじゃない。こんな日はどこか原っぱにでて、気がすむまで長く、遠く遠くかけてゆきたい。

同じ年の男女がカルキ臭のする青い水に浸かってちゃぷちゃぷとはしゃいでいる。双眸を覆うカラフルなゴーグル、タマムシの翅、アオスジアゲハの翅、君の耳の薄さ。この頃頭がくらくらするような気がする。ほらサルスベリのつぼみが丸い、それにいくつもある。幸せなことだね、目を閉じる、暗く湿った更衣室の木棚に、裏返った下着がいくつも並んでいるんだ。

かみさま。


芋虫のような指で、私の名前の横にMという文字が刻まれる。くせ字。エムの谷がやけに深く、たとえば、そこから腐ってゆくんじゃないか。

それにしてもどうして、見ず知らずの大人の男に、自分の身体の変化を伝えなければいけないのだろう。危ないことだって、思わないか。足を放り出す。

去年までは、一度も休んだことなどなかったのに。


今日もプールが青いということは、きっと明日も青いということ。

プールの底が、赤かったなら。

「ねえ、今何を考えてる?」

急に、君に話しかけられてぎくっとした。疑問形のくせして、もう私が何を考えていたのか、わかっているような気がしたから。

「……特に、何も」

「そう」

隣にいる君は、よく考えてみればわたしよりずっと細い。君の背中だけにママの背中と同じ四角い突起がある。それを見つけてから私は、君のことを特別に思っていたんだ。

君は、クラスにいる誰とも違う。

呼吸で膨らむ背中の角度。君の爪が、暖かい肉のなかで、金剛石のように静かに育まれていることを思うと、息を潜めたくなる。

そのことに、果たして何人、気がついているだろう。君の価値に。どうやって、君を作ったのか、私にだけおしえてほしい。まさか、君も私のように、あの男の真ん中からここまできたわけじゃないだろう、もしそうだとしたら、これ以上ないくらいに。強い。

青い影。

折りたたまれて触れ合った膝の裏、押しあってぷっくりと盛り上がった肉に細かくちくちくと薄い毛が生えている。モールの表面をなぞったときの、どうしようもなさ、見てはいけないものを見てしまったときの、あの、神になってしまったような、わななきが、駆けめぐった、身体だけ、置き去りになりそうだ。

「見学。何回目」

「まだ一回目」

「私も」

君は笑った。仲間だよ、と、言われたような気がしたのに。

「気持ち悪くなってね。昨日、うちで飼っていた金魚が死んだの。きれいなま、ぷかって水面に浮かんでてね。私の名前をした金魚、同じ名前の金魚」

目の前のプールに、赤い魚が腹を見せて、どこからともなく流れてきた。草や、ハチの死骸や、腐った花びらと共に。

「誰がその名前をつけたの」

「誰だと思う？」

「さあ。わからない」

まばたきをすると、金魚だけ消えていた。

「とにかく私は死んだわけ」

「生きてるじゃない」

「そうよ、私は生きている、当たり前にね、でも私が昨日死んだことも本当」

君が、うそをつくわけがない。

「人間は誰でも一度は墓の中に入るでしょう。でも人間は死なない。簡単なことだよ」


あ。君の足首に歯型がある。

「おとなになったらさ、大きな舟にのろうよ。その中で暮らすの。誰も行ったことのない場所に行こうよ、毎日海だけを見て、どこでだってできるようなくだらないお喋りをする」
「いいね、楽しそう」
「それだけをして暮らせたら、いいと思わない」
「それは船乗りになりたいってこと」
「そうかもね」

君の夢を、今日はじめて知った
クロール
家族で海に行った記憶
君の爪みたいな貝殻がたくさん落ちていたなかに君が住んでいたのだろうか
君は逃げ出してきた貝殻のうちの一つでだから故郷によく似たプールをみて切なくなってる
君
君を青い海へ連れて行ってあげたい、私の大事なものをあげてもいい、大切にされなくてもいい、君の行きたい場所がいつでも君の遠くにあればいい、ずっとこのままでいたい、薄暗いプールサイドがどこまでも続いていて、誰にも気づかれないで、時間だけが終点を目指す、それでも君がずっと隣にいてくれたら

俯いて、するとアスファルトの上を小さな蟻がチョコレートの色をさせて歩いていた。あの人のバインダーは、今は空を向いている。濃い色。私の名前。エムの文字。一つだけ。

かみさま。

化粧水でひたひたのコットンで、耳の薄い部分を撫でられた気がした。

「どうしたの」

「ちょっと頭がくらくらしてきた」

「……そっか」

つんと肩をたたかれる、顔をあげると君がすぐそばにいる。

「イヴだよ」

そう言って君はわたしの手に白い粒をのせた。私は驚いて、君のことを長いこと見ていた。

「あなたが飲むべきだから」

そう言って、君はママのするみたいに優しい目をする。

「イヴ？」

「知らない？」

私は静かに、慎重に首を横に振った。飲み込んだ唾液は知らぬ海水の味がした。

「知らないはずないよ、この年になったら」

それは嬉しいような、苦しいような、気持ちだった、イヴだ、と口にした。

実物は、初めて見た、思ったよりも小さかった。白い粒はきれい。硬いから。

それだけで、たったのそれだけで。

「いいの、私で」

「もちろん」

私の心臓が、丁寧に不安を包んでゆく。

「でもどうして?」

「理由なんてないよ」

君は私の手をにぎる。

「あるほうが、おかしいくらい」

君はどうして今、私の目の中にいるのだろう。


ピィーと先生が長く笛を吹いた。もう終わりなんだ。子どもたちがぞろぞろと陸地を目指しはじめるのが、なんだか悲しくて仕方なかった。

「このままどんどん昼が長くなってさ、夜なんてなくなっちゃえばいいのにね」

イヴを舌の上にのせて、ゆっくりと唾液でとかしてゆく。もう、戻れない。

君は、ある晴れた日の背の高い草原のようで、あるいは閉じられた庭、たくさんの藁、私の手のひらをにぎる君の手は、熱く苦しむように震えている。ひどく安心した。だから君にも安心して欲しいと思う。

アイリッド

あの人、ずっとわたしのことを見てる
αがにこにこしている。
私がもし、神様だったら、αのための世界を、もうひとつ造っても良い。
この人が、何で喜ぶのか、考えてもきりがなく、だとしたら自分が神になって、望みをすべて叶えてあげれば良いのだと、思いついたとき、ぞっとするくらい幸福だった、からαはすごい、私を幸せにしてくれる神様のような存在で、でも神様はきっと孤独だから、耐えられない、αが孤独だと思うとやりきれない、だから私がかわりに神様になってあげる、神様になりたい、こんなことばかり考えて、生きていると、あっという間に時間が過ぎてゆく、ことは、怖くはない、むしろ、何よりも意味があるように思う。

αが見ている先には、特徴のない老けた男が立っていて、そのこざっぱりした感じがむしろ、時間をかけて腐った黒目を際立たせていた。

「この服をさ、脱いだらどうなっちゃうんだろうね」

「どういうこと?」

「制服も、下着も脱いで、裸になる」

「なんのために」

「あの人のために」

遠くからやってきたバスが、私たちの間に割り込み、男の姿を見えなくさせた。αはパスケースを取り出すと、ぴっとカードを読み取らせて、いつもの席に座る。

「あの人、誰から生まれたんだろう」

「さあね」

「愛されてるといいね」

「勘違いしてそう。自分は愛したいんだって」

「だったら残念だね、私はもう、大人なんだから」


　αは、まぶたに穴が空いている。ふだんは、銀色の輪で塞がれているけれど、今日はホールが丸見えだ。出会ったばかりの時は、その穴のフチが赤く滲んでいたけれど、今はそんなこともない。健康そうだと思う。

　アルファ。特別美しいわけでもなく、なのにどうしてこんなにも、私にとって、特別なのか、私だけに特別なのか。


「ねえ今日は、終点までおいで」

　終点から少し歩くと、αの家があった。人はだれもいないようで、そのまま二階にあるαの部屋で、ゲームをして遊んだ。
夜になると、てらてらにパウチされたゼリー飲料をくれた。
私たちは並んで、一つのコントローラーを握った、ダムを造るために村をいくつか沈めた、私たちの街はこれで少し幸せになった、吸った。

「幸せじゃないふりするのってなんで」
「そんな人、いくらでもいるんじゃない?」

まぶたに空いた穴から、黒目が見えた。私が、見えているのかもしれない。

「人間にね、穴っていうか、空洞があるらしいの。この、上あごの、歯が生えている付け根の上にね、ふたつぽっかり穴が空いているの。あなたが困ったら、そこを貸してあげる。何でも挿れていいの、親知らずを抜いた時に、穴が空いたままだから」

αは私のあごを摑んで、その穴を覗きこもうとした。わざと爪を立てた場所が、ちりちりと、薄いセロハンのように破れてしまいそうだった。

αが、なさけない私を見ていた、笑って欲しいと思う。なさけない、私は、なさけない、ダムを造るよりも、村を沈めたい、そのために、ダムを造りたい。街を幸せにしたい。

「なんか、期待してるね」

首を縦に振ると、骨がぱきぱき鳴った、耳殻の近いところで、本当の名前を呼んで欲しくなった。

「あなたも、目蓋に空けてあげようか」

「いや」

「いや？」

「嫌」

αは、使い捨てのゴム手袋を捨てるみたいに、私の身体を布団の上に投げた。

αが売り物だったら良かったのにと思った。

「あなたはね、私のまぶたの穴なの。穴から生まれた、穴を塞いでいた肉の欠片から、あなたは生まれたの。わかる。わかってる」

私は、自分のまぶたを、触った。

そして親知らずの穴を、舌でまさぐった。

うめたいのかうみたいのかうめてほしいのかうんでほしいのか

「私は、あなたから、生まれたかった」

「おやすみ」

「お風呂に入ってくるから」

「おやすみ」

「私は」

誰にも告げず、明け方、浴槽に浸かると、白い糸がまとわりついてきた。ゆらぁっと苺のたねみたいに、繊維が種子から生えているみたいに。

私は口元まで水に沈む。

誰の精子なんだろう。

くちびるをめがけて伸びてくるその白い塊を、私は舌で受け入れる。鼻水のようなそれを、にゅるにゅると、上あごの穴へ引き入れて、目を閉じた。

αは、ひとが何を考えているのかわかってしまうと私に教えてくれた。

次の瞬間、彼女は髪の毛を一本引き抜いて、私に口を開くように言った。

食べたいんでしょ

ぬめった舌に、毛先が、丸く刺さった、甘みがひどく、その点に向って舌先の水分がすべて流れ込んでいった。

精子飲んだでしょ
私の精子よ、あれ
泥棒
私は目を閉じて、祈った。

「これが最後の転生だからね。もう、無理に子孫を残す必要もないんだよ」

βがそういうので、素直に信じた。

いままで、数え切れないくらい、βの嘘を信じてきて、その度に懲りたはずなのに、それでもまだ信じてしまう。いや、信じてしまいたい。信じたい。信じる。信じている。信じた。信じていた。私はβのことを、信じていたい。

「うんだからさ、このままどこに行ったっていいってわけ」

ひゅうひゅうと、手を握るみたいな目をしたβの後ろに、どんどんと奥へと逃げてゆく景色があった。真夜中の列車。暗闇にぽつぽつと浮かんだ白い粒は意味を奪われて、それなのに入浴料無料という赤いネオンは読める。ソープランドってなんだ。楽しそうな響きだ。モスグリーンの起毛素材のやけにやわっこい椅子に座ったとき、まだ外は明るかった。

「それって、すごいことだと思わない」

床の下で石が跳ねる音がする。それだけで、何かが急き立てられる。

「そうかな」

「そうだよ。今まで、私たち、無理矢理に生きてきたじゃない」

「……うん、そうだね」

「でも、無理矢理に生きてきたから、最後の最後に、私たちの願いが叶った」

「そうかも」

「もう、無理しなくていいの。私たち」

βはそう言って、手にしていたゲーム機を私に手渡した。それをなれた手つきでかばんにしまう。βはかばんを持たないし、ひどいゲーマーなのだ。現実とゲームの世界の境目が曖昧になっている。こちらの世界で生まれて、十三歳でむこうの世界に引っ越してしまって、でも、学校に通うためだけにこちらの世界へ訪れる。

でも、私たちはもう、制服を着ることはない。胸に花飾りをくりつけられたβは向こうの世界に帰るはずだったのに、まだ、私の隣にいる。列車は練りたての飴のようにただただ線路の上を伸びているだけみたいだ。

「昔ってさあ、将来の自分がどんな人間になっているのか、全然想像つかなかったよね」

「ああ、うん」

「でもなんか、事細かに教えてあげたい感じがするね。こんな大学に行くんだよ～って。理解出来ないだろうけどね、偏差値とか、東京がどこにあるかとか、大人とか子どもとか。そうやって、理解できないくらい幼い私に教えてあげたいね。理解できている私は、いやだね」

βはそれを言い終わると、指を奥歯に突っ込んだ。なにか細いものをつまむ形をしている。なにか挟まってる。そう言いながら眉間にしわを寄せ取り出した。

「ああ、かいわれ」


「お父さんとかに、嘘つかれなかった？」

「種を噛まずに食べたら、おへそから芽がでるって話」

「ああ、言われた」

「すいかとかね」

「ああ、すいか。怖かったなあ」

「みんな、そんなことあり得ないってわかってるから、真摯に本当だよっていうんだよね。こわいね」

「怖かった」

「そうだ、怖かった……」


「ああ、子が欲しいなあ」

「私は、子なんていらなかった」

「本当にそう思ってる？」

「いらなかった。こんな身体になるのなら」

副担任だった女の名前
私のようで私でないはじめての存在
すべて私のようだったし
すべて私ではなかった
私のようで、私ではない
ずうっと年上の、私みたいなひと

「何か、考えているの?」

「いいや。昔のことだから」

「選んだんだからね、あなたのことを」

「私もだよ」

「そう」

「ならいいの」

「ふとした拍子になんでも壊れちゃうでしょ、壊れるためでないものが」

「うん」

「何もしていない自分を、適当なことをして、慰めるのはいやなの。適当なことで、何かをした気になるのはいやなの」

「何もしないで。

それで、私を安心させて……」


そのまま列車はビニールハウスに飛び込んでいった。薄くつやつやした透明な膜を突き破って、生暖かい湿気を吸い込む。

土はまだ若くて綺麗で、ふかふかしている。その中に、きれいな顔をしたβが寝転んでいる。

ああ、かいわれだ。

貝割れが、βの臍からにょきにょきとのびて、のびて、そのまま届かないところまで行ってしまった。

途中下車はできない。

ゆっくりと通過してゆく列車の中から、母親になったβを見ている私。


「ルビーが欲しいな」

「やっぱり、ルビーが一番よ。ほかにも、ダイヤモンドとかパールとか、プラチナとか買ったけどね、一番いいのはルビー。十二年前から、一つも色あせてないもの」


βの言うことはすべて真実。


「この列車、どこに行くのかしら」

「わからない」

「ああ、わからないから乗ったんだっけ」

「さあ」

「いけないいね。すぐ忘れちゃうから」

「何の話をしていたんだっけ」
「そもそも、性別なんて一つで良かったって話」
「ああ、そうだった」

タイポグラフィはまばたきの熱で崩壊してゆく。

「これから、どうすればいいんだろう」

βはぼうっと窓の外を見ている。白く曇った窓の奥には真っ暗な道が延々と続いている。続いているみたいだ。いや、続いている。ずっとずっと続いている。

βは、私が、βを、手に入れたことを知らない。βは私のポケットのなかで、小さくなって眠っている。列車には最初から私一人しかいない。でも私がボールを弾くと、そこから何も知らないβが飛び出てきて、私の言いなりのままに、私の言いなりにはならないでいる。

学習装置をもたせているから、勝手にむくむくと強くなって、進化したりする。

たまに私のために、雷を落としたりする。

カーテン

手折った花をきみの背骨に挿しこむ
うすいきいろのクレマチス
「いたい」
とふりかえったきみは、
脱いだ白いシャツで
胸を隠している
「ごめん、落ちていたから」
いたいのがなにか知っているから
いたいと伝えてくれたのに

なかを見ないまま
ごまかして笑う
「うそつき」
と言われる前に
きみはペールグリーンのカーテンに消える
背中の花がきれいだった
悔しいまま生きるのなら
ひとつくらい摘んでも良いと思えた
がくだけ残ったところを
じっとみていた

素肌に巻き付いたスカートはかゆい
背中に生えた産毛は
長いものから逆だってゆくのだ
さっきまでお腹の前に抱えている

バスケットボール
半円にそって並んで
みんなで男教師を見ている
今ごろ
跳ねてるんだから

呼ばれて入ったカーテンの奥には
聴診器をもったきみがいた
たどたどしくシャツを奪われると
私の胸に金属を当てる
「澄んでるね」
「なにが」
「心臓の音が」
「そんなこと、初めて言われた」
「わたしも、初めて言った」

「もったいないくらい
いつか、消えてしまうことが」
乳房をみつめたまま
しばらく丸い椅子に座っていると
今度はきみがカーテンの中に入ってきた
「背中、見せて」
「はい」
気づけば
私の首に聴診器がぶらさがっていた
「ねえ、膿んでるよ、背中」
「わたし、抗生物質飲んでるもの」
「はあ」
「だから、腐らない」
うなじに顔を埋めると
シスコーンの浮かんだ牛乳の

ような匂いがした
花を避けて
ダイアフラムをあてがう
「音、しない?」
「うん、する」
私は驚いた
「水の流れる音なのよ」
「さみしいでしょ」
「わたしには心臓がないから」

休み時間
きみは必ずベランダに居る
そういえば、前に習った気がする
植物には葉緑体があって、
光合成が必要だって

「そういえば、立体感あるよね」
「なにが」
「あなたって」
きみは足を組み替えた
「何考えて生きてるの」
「わかんない」
「何がほしい」
「わたしより先に死なないパパ」
「ママじゃだめなの」
「だめ、もちろん」
雲が増えた
「死にたくなったら、なにか、諦めたくなったら、あなたの心臓の音を、それだけを思い出そうと思う」
うん
「一番信じられる真実だもの」

うん
「あなたの生きている感じが、いいよ」
うん
うん。

六月は、学校に来なかったし
冬になると枯れてしまった
きみの席に散らばっていた種を持って
感じやすいつちに埋めていった
ひとつだけ家に持ち帰って
舌を立てて舐めてからのみこんだ
心臓の音を近くで聴かせたかった
またきみに会えるだろうか

カーテンの奥で何が行われているのか

私はいつもしらなかった
まだわからない
きみの背中だけ見ていた
背骨を突き破ろうとするきいろい肌
同じクラスになると
必ずきみの後ろの番がもらえた
だから苗字、変えない
ずっと、わたしこのままでいたい
このままいたい
交番前
死亡0
イチになった瞬間
目をそらすときみが笑っている
明日なにが起こるともわからない、私は電車に乗らない、財布も盗まれない、

水も飲まない、薬も、きみにも会わない、私の部屋で交尾しながら飛んでいる
ハエだけ憎んで、ねえ卵子の近くで、セックスだけしないで、妬ましいから。
番は、食べられるか、舌で掬えば、おいしいか、いつもより、甘いか、膨れる
か、何を考え、何を欲すか

「サメの子宮って二つあるんだって」
「ふうん」
「私にも二つあったら、一つわけてあげたのに」
飴色の光がさしこむベランダ
眩しそうなきみは耳殻にささやく
「うそつき」
「両方いらないくせに」

闇雲に左手をうごかした

水が流れる
地平線が
白く燃えあがる

ダナエ

いつだって忘れ物をしたことなどなかった。開かない窓。乾いた私の教室に
琥珀の風が吹き込む、親指の苦い味、ママの臍の緒を手繰りながら私あなたと
ひとつの球体に戻る夢をずっと見ていた。
「傘でも持っていこうか」
「いや、いらない」
「どうして」
「ほっといてほしいから」
通話は切れた、
外には金色の雨がざあざあ降っている、

手のひらで滴を受け止めてみると、金色に変わった生命線に自分の顔が反射していた。
しばらくしてやってきた父は、傘なんて持ってなかった。いらないと言ったのに。
「はやく、お前も逃げろよ」
「あなたがやったんでしょ」
「なんだ、知ってたか」
父の顔は幼い頃からまるで変わりない
私には似ていない
私たちには似ていない
私たちは絶対服従の目をしている
私は絶対服従の目をしている
「でもなんとなく知ってたような気がする。いつかこんな風に、パパが世界をだめにするんだって」
「だめにはしてない」

「だめじゃなかったら、何なの」
父は私の好きだった男の席に座っていた
彼はどこへ行ったのだろう
顕微鏡で見た彼の頬の内側
割れた柘榴のようにきれいだった
吐き出され
試験官の内側を流れ落ちてゆく唾液の泡
借りた本のスピン、
唇に挟むとかすかにしょっぱくて、
なんともいえず澄んだ彼の瞳が
舌の上に転がってくる
「逃げろって。私とパパしかいないじゃない」
「そうだな」
父はしばらく黙っていたが、慣れた手つきで私のローファーを脱がせた。靴下は自分で脱いだ。全部、父の買ってくれたものだ。

「パパは、私にパパを産ませたかったんだよ」

「ふうん」

「でも、あなたが産まれてきた」

寝るときはいつも母と二人だった、暗闇のなかでも母の小さく形良い瞳がよく見えた。

「パパは、怒ってないの。女が……私が産まれてきて」

「ううん。全然。ママの作戦通りよ」

作戦、と言われてようやく、母が何かと戦っているのだと気づいた。

「あなたは知らないかもしれないけど、死神を殺すには、人間に恋をさせればいいの。惑星も一緒だよ、なんだって、恋した方から死んでくって決まりがある」

「じゃあ、私も死ぬかもしれない」

「どうして？」

答える前に、母はそっと私を抱いた。

しばらくして母は亡くなった
どうしたらよいのか分からないのか
頭を撫でつける手が冷たい
父はこの女のせいで死ぬのだと思った

「もし私が、逃げたいって言ったら、パパはどこへ連れてってくれるの」

「おまえの行きたい場所ならどこへだって」

父は子供騙しのようにそう言うが、勝手に騙された気になっているだけなのだろう。

「私、生まれた時から、ずっと旅行してる気分だった。何を見るにも、他人の美しさがあった、帰らなきゃいけない悲しさと、帰る場所があるうれしさが、いつも胸の内で生まれ続けて、自分がどんどん透明になってゆくの」

シャアシャアと雨が降り続ける
全てが全てを許容したら

こんな景色になるのだろうか
教科書で見た絵に似ていた
父には銃口が見えると言う

「どこでもドアがあったら、パパの右目の中に行きたい」
そう言うと、父はそっと目を細める
そこに瞼はない
初潮を迎える頃にはもう気がついていた。
可哀想な生物だ、私たちのふりをして、子どもまで作ってしまって、彼の大切にしていることが私たちには永遠にわからない、殺せないのだ、私だけ、私だけは
「パパの第二ボタンが欲しいな」
「どうして急に」
「ママに似てるから」
下駄箱に残された

上履きたちのことを思った
金泥に埋もれゆく名前たちのことを思った
かわいそうだな、と私に向け父が言った
私の真似をしたのだ
外に出た
金色のシャワーがすぐに双眸を焼いた
瞬きをすれば光だけそこにあった
殴られるように
硬い雨がすべて私に降り注いだ
父は私の手のひらを撫で、子どもにきくように言った
「受精してるの、わかる?」
「うん、わかる」
わかるに決まってる、あなたの手のひらからクリオネ食べたの覚えてる、アプリコの色した内臓がひりつくほど苦かった、回転寿司にも行ったね、うにの小嚢が目の前を横切るたび教えてくれた「卵巣だ」「こっちは」「精巣だろうね」

「メスのが旨いんだって」酢飯と一緒に喰むとたまらなく美味しかった、私はあなたを産む、私が産むためにあなたは産まれてきたのだ、わかるよ、全部わかる、あなたが産まれた場所は私の中のあなたなのだ
「ナイフが見えるよ」
「おまえの肚のなかにさ」
そう言って父は笑った

箱に詰められて
黄金の河を流れていく
私のやわらかくうねった四肢
箱の角に吸い付いてかたちをかえる
私の甘く尖った肘
瞼の父
瞼だけの父
母も夜も無く光からも闇からも

目を逸らすことのできない眼
そこに何があるのか私だけ知ってる
ボタンが心臓をノックする
縫い合わせてあげる
ほどき、どこへいくの
また同じ穴を刺してあげる
何度でも
何度でも

モーニング

濃霧の飛行場で
友人が到着するのを待っていた
ラウンジは空席ばかりだったが、
男は私の隣りに座り、声をかけてきた
「あなたはどちらに」
「いえ。私は、ここに来て、帰るだけです」
「そうでしたか。誰かを迎えに？」
「友人を待っているんです、本当だったらもう着陸しているはずだったのだけど、
まだ空港の上をくるくる旋回しているみたいで」

「へぇ。心配ですね」
「そうですね。でも、べつに待ち合わせしてるわけでもないんです。今日だって、顔も見ないで帰ります。あの人の飛行機が現れたらそれだけでいいんです。なんというか、彼の操縦する飛行機に乗っているときだけ、私は幸せでいられるんです」
「じゃあ今のあなたは不幸なんですか」
「まあ、そうなりますね」
頷きながら、そうなりたいのだった
男はそれをおそらく見透かしてはいたが
かといって蔑むわけでもなかった
「あまり欲がないのですね」
「さあ、どうなんだろう。いまは飛行機になってみたいような気がして、どうしたらいいのかよくわからない。とにかく地上にいたくないんです」
男は私を見ていた
目の内側だけが妙に若く、どちらが本当の年齢なのだろうと考えると小さく恐

ろしかった
「べつにいいんじゃないんですか、何にもならなくて」
「そうでしょうか」
「そうですよ」
何か根拠でもあるみたいな口ぶりだった
「そうだ。手を出してください」
「はい」
「あげますよ、あなたに」
手のひらの上にはダイヤがのっていた
私はまるで嬉しくなどなかったが、ただ驚いて男の顔を見た
「大事にできませんよ」
答えはなかった
「ねぇ今の、あなたに言ったのよ」
男が姿を消してから、私は手のひらの上のダイヤにそっと耳打ちした
「ああ、そうだったの」

すると少し億劫そうにダイヤは答えた
「あなたは、これで良かったの。あなたみたいなきれいな石が、こんな女のところへ来てしまって」

「こんな女？」

「わからないけど、あなた今からでも百貨店かなんかのショーケースに入れてもらえればだれか男の指の上で一生を過ごせたんじゃないの」

「好きでもない男の指の上に何の価値があるのですか」

「それでも、好きでもない女に飼い殺されるよりはいいでしょう」

「人間は幸せになるためにうまれてくるんだって、勘違いしてるから勝手に不安になるだけ。ダイヤに幸も不幸も無いんです、気にしないで」

小指の爪より少し小さいくらいの身体はよく磨かれていたが、愛された跡がいくつか残っていたのでおずおずと照れた
「あなた、捨てられたんじゃないのね」

「さぁどうだろう、ほんとうに、どう思ってゆくのだろう、硬くて。国もあの人も粉々になって、私それでもダイヤなの。名前のついたダイヤなの」

手のひらから滑り落ちたダイヤは
カーペットの上で二つに割れていた
それを拾いワンピースのポケットに落とす
霧は相変わらず薄紫を求めている

「ダイヤになって」

と御願いされたから、頷きました。

それから黙って私の首元を撫でた、短く横に広い爪。やわらかい急所を無防備に晒すとむしろ強くなったような気がするから彼の前にいると私はどんどん強くなる。

私をダイヤにしてあなたはどうしたいんだろうか、たずねても答えてはくれなさそうだった、私、あなたの指の上で、一生眠っていられたら幸せだって思います。

ダイヤになったあなたをもってピクニックに行きたかった、水苔の上で燃える炎を食べ、あらゆるものに名前を付け、呼ばれたことのないものをかいがいしく呼んでゆきたかった、すべてのものは透明になるというのなら、ダイヤになったあなたを、通りすがりの取るに足らない、知らない誰かにあげてしまいたかった。あなたを誰かにあげたかったあなたを誰かのものにしてあげたかった。

図書館の二階からあなたのこと見ていたけど、一体誰に向けて手を振っているのかわからなかった。サークル棟まで走ってみたけど、見えるのは田園か、もしくは鬼の足あとか

月の匂いが残っていた

あなたに教わったとおり

いつまでだって踊っていられた

逃げる苦しみと喜びも

あなたに教わったとおり

全部、あなたに教わったとおりに

彼の運転する飛行機は
ここから離れた空港に着陸するようだ

デッキにでると膿んだ泥のにおいがした
滑走路に散らばる様々な色のライトが姉たちが一斉に私を睨みつけた
「明滅してるね」

「まだ待つの」

「いや。もう帰るよ」

「明滅し続けているね」

「あなた、これからどこに行くの」

「さあわからない」

「戻りたい？」

「どうだろう」

「人間になったこと、後悔してるの」

「いや」

私は照らされていた
私のいた場所では
私ではないライトが光っていた
光っていた
光っていた
私は彼が来るのをずっと待っていた
導かれる
彼の目が私に近づいてくるのを
ずっと待っていた

ポケットからダイヤを取り出し
フェンスの奥に捨てた
長いことそこに縫い止められていたが、
ふと動けるようになると振り向きもせず
身体はその場から離れていった

美（うつく）しいからだよ

著者
水沢（みずさわ）なお

発行者
小田啓之

発行所
株式会社思潮社
〒一一二－〇〇一四　東京都文京区関口一－八－六－二〇三
電話〇三（五八〇五）七五〇一（営業）
〇三（三二六七）八一四一（編集）

印刷・製本
創栄図書印刷株式会社

発行日
二〇一九年十一月三十日　初版第一刷
二〇二五年三月三十一日　第六刷